Le prince ensorcelé

WinxClub™ © 2009. Rainbow S.r.l. Tous droits réservés.

© Hachette Livre, 2009, pour la présente édition.
Novélisation : Sophie Marvaud
Conception graphique du roman : François Hacker

Hachette Livre, 43, quai de Grenelle, 75015 Paris.

Le prince ensorcelé

HACHETTE

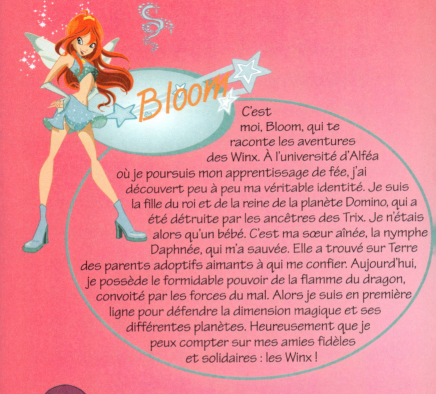

Bloom

C'est moi, Bloom, qui te raconte les aventures des Winx. À l'université d'Alféa où je poursuis mon apprentissage de fée, j'ai découvert peu à peu ma véritable identité. Je suis la fille du roi et de la reine de la planète Domino, qui a été détruite par les ancêtres des Trix. Je n'étais alors qu'un bébé. C'est ma sœur aînée, la nymphe Daphnée, qui m'a sauvée. Elle a trouvé sur Terre des parents adoptifs aimants à qui me confier. Aujourd'hui, je possède le formidable pouvoir de la flamme du dragon, convoité par les forces du mal. Alors je suis en première ligne pour défendre la dimension magique et ses différentes planètes. Heureusement que je peux compter sur mes amies fidèles et solidaires : les Winx !

La mini-fée Lockette est ma connexion parfaite. Chargée de me protéger, elle a une totale confiance en moi, ce qui m'aide à devenir meilleure.

Kiko est mon lapin apprivoisé. Il n'a aucun pouvoir magique et pourtant, je l'adore.

Stella

Originaire de la planète Solaria, la fée de la lune et du soleil a une très grande confiance en elle. Un peu trop, parfois ! Et puis, elle attache tant d'importance à son apparence... Heureusement qu'elle est aussi vive que drôle.

Amore est sa connexion parfaite.

fIora

Fée de la nature, douce et généreuse, elle est à l'écoute des plantes et elle sait leur parler. Cela nous sort de nombreux mauvais pas ! Dommage qu'elle manque parfois de confiance en elle.

Chatta est sa connexion parfaite.

Digit est sa connexion parfaite.

Directe et droite, elle est d'une grande débrouillardise. Normal, elle est la fée des sciences et des inventions. Elle maîtrise toutes les technologies, auxquelles elle ajoute un zest de magie.

Tune est sa connexion parfaite.

Orpheline, la fée de la musique est très sensible et pleine d'imagination. Face au danger, sa musique devient parfois une arme !

Layla. Venue de la planète Andros, la fée des sports est particulièrement courageuse. Dernière arrivée dans le groupe des Winx, elle a eu du mal à y trouver sa place. Peut-être parce qu'elle se vexe facilement. Aujourd'hui, pourtant, nous ne pourrions plus imaginer le groupe sans elle !

Piff est sa connexion parfaite.

L'université des fées est dirigée par l'adorable Mme Faragonda.

Rigide et autoritaire, Griselda est la surveillante de l'école.

Au royaume de Magix, un lieu hors du temps et de l'espace, la magie est quelque chose de normal. En plus d'Alféa, d'autres écoles s'y trouvent : la Fontaine rouge des Spécialistes, la Tour Nuage des Sorcières, le cours de sorcellerie Bêta.

Saladin est le directeur de la Fontaine Rouge. Sa sagesse est comparable à celle de Mme Faragonda.

Ah ! les garçons de la Fontaine Rouge… Sans eux, la vie serait beaucoup moins intéressante. Nous craquons pour eux parce qu'ils sont charmants, généreux, dynamiques… Dommage qu'ils aient tout le temps besoin de se sentir importants et plus forts que les autres.

Prince Sky. Droit et honnête, l'héritier du royaume d'Éraklyon sait mieux que personne recréer un esprit d'équipe chez les garçons. Son amour me donne confiance et m'aide à triompher des pires obstacles.

Brandon est aussi charmant que dynamique et spontané. Pas étonnant que Stella craque pour lui.

Riven apprend à maîtriser son impulsivité et son orgueil. Il voit beaucoup moins la vie en noir depuis que Musa s'intéresse à lui.

Timmy est un jeune homme astucieux qui se passionne pour la technique. Avec Tecna, forcément, ils se comprennent au quart de tour.

Hélia est un artiste plein de sensibilité. Flora n'en revient pas, qu'un garçon pareil puisse exister.

Convoité par les forces du mal, **Magix** est le lieu d'affrontements terribles.

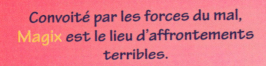 **Valtor** est un sorcier extrêmement puissant. D'autant plus qu'il cache son caractère cruel et malfaisant sous une apparence charmante. Son tour préféré : transformer en monstre toute personne qui s'oppose à lui. Ensuite, soit le monstre sombre dans le désespoir, soit il devient son esclave.

Les Trix ont été élèves à la Tour Nuage. Mais toujours à la recherche de plus de pouvoirs, elles ont fini par arrêter leurs études de sorcellerie. Elles préfèrent s'allier avec les forces du mal. Elles nous détestent, nous les Winx.

Icy, qui est à la fois l'aînée des Trix et leur chef, a pour armes préférées les cristaux de glace, le blizzard, les icebergs.

Stormy sait déclencher tornades et tempêtes.

Darcy utilise des sortilèges mentaux : elle crée des illusions de toutes sortes qui peuvent rendre fou.

Mme Griffin est la directrice de la Tour Nuage, l'école des sorcières. Mme Faragonda semble lui faire confiance. Mais je me demande si ce n'est pas une erreur…

Résumé des épisodes précédents

Assise près de Sky dans un décor enchanteur, je réalise que je n'ai toujours pas compris son histoire avec la princesse Diaspro. Et cela m'empêche de l'aimer comme avant... Je me souviens de la fête des mille ans d'Éraklyon. Avec quel bonheur je m'y étais rendue ! Le plus charmant des princes de la dimension magique devait y annoncer nos fiançailles... Mais voilà qu'il a présenté Diaspro à son peuple comme sa future épouse ! Quel choc terrible !

Chapitre 1
Chagrin d'amour

Tête baissée, bras croisés, je marche à grands pas dans le parc fleuri d'Alféa. Soudain, une boule de poils bleue saute sur moi.

— Kiko ! Tu m'as fait peur, petit coquin !

Mon lapin apprivoisé remue son museau dans mon cou et je me mets à rire.

— Tu me chatouilles ! Ah, ça fait du bien de savoir que toi, au moins, tu m'aimes.

— Comment ça, lui il t'aime ! Et nous alors, Bloom ? demande une voix que je connais bien.

Surgissant d'un buisson, mes amies m'entourent.

— C'est bien toi qui avais envie de pique-niquer dans le parc ? continue Stella. Alors, regarde un peu ce qu'on apporte… Et hop !

Elle lance un sortilège, et les

mini-fées apparaissent. Elles déplient sur l'herbe une jolie nappe, disposent des coupes de fruits, des boissons, et des sandwichs qui ont l'air vraiment délicieux…

— Bon appétit, Bloom ! s'écrient Musa, Layla et Tecna.

— Merci les filles. C'est vraiment très gentil à vous d'y avoir pensé, mais… Je n'ai pas faim.

Stella met son bras par-dessus mon épaule :

— Allons, ne sois pas triste, Bloom…

Aussitôt, mes yeux se remplissent de larmes.

— Je n'aurais jamais cru que Sky était capable de me traiter comme il l'a fait !

L'après-midi de ce même jour, me voilà en train de sangloter recroquevillée sur mon lit.

Pourquoi Sky m'a-t-il trahie ? A-t-il vraiment été victime d'un

sortilège, comme je l'ai imaginé ? Ou au contraire m'a-t-il menti depuis toujours ?

Lockette, ma connexion parfaite, bat des ailes autour de moi.

— Je comprends ta tristesse, Bloom. N'oublie pas cependant

que tu as de très bonnes amies. Elles ne t'abandonneront jamais !

— Oh, Lockette, je ne savais pas qu'un chagrin d'amour pouvait faire si mal.

— Il va finir par passer. Le temps guérit tout…

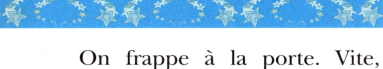

On frappe à la porte. Vite, j'essuie mes yeux. Stella passe sa tête dans la chambre.

— Bloom ! Mme Faragonda veut nous voir. C'est urgent !

C'est sûrement important, en effet, puisque la directrice a

réuni dans le grand amphithéâtre toutes les élèves d'Alféa.

— Mesdemoiselles, nous déclare-t-elle, il est de mon devoir de vous informer qu'une évasion a eu lieu à la prison de haute sécurité d'Oméga. Le fugitif est le sorcier le plus maléfique de toute la dimension magique. Il s'appelle Valtor.

— Sommes-nous en danger ? interroge une élève.

— Pour l'instant, non. Mais j'ai des raisons de penser que Valtor s'en prendra bientôt à nous. Il voudra probablement se venger de ceux qui avaient permis son arrestation.

Les questions fusent et Faragonda accepte d'y répondre.

— Oui, je suis concernée personnellement. J'appartenais à la Compagnie de la Lumière, de même que Mme Griffin, le sorcier Saladin, et les parents de Bloom, le roi et la reine de Domino. Ces deux êtres courageux ont perdu la vie dans notre combat contre Valtor, et nous pensons qu'il pourrait s'en prendre à leur fille.

Sur tous les bancs de l'amphi-

théâtre, on s'exclame et on s'interroge.

— Mesdemoiselles, je ne vais pas vous cacher que certains parents ont demandé à ce que Bloom quitte notre école. J'y ai longuement réfléchi et je suis arrivée à la conclusion suivante : nous ne pouvons pas renvoyer une élève sous prétexte qu'elle est en danger ! Au contraire, c'est ici, grâce à votre vigilance à toutes, qu'elle sera le mieux protégée !

Chapitre 2

Un conseil de Vanessa

Les élèves d'Alféa ont toutes sans exception approuvé Mme Faragonda. En fait, je suis la seule à ne pas être d'accord avec la directrice. C'est terrible que ma présence mette en danger les autres élèves d'Alféa ! Il vaudrait mieux que je m'en aille !

Je fais part de mon intention à mes amies. Stella n'est pas contente :

— Mais non, ce danger est sûrement très exagéré ! Tu sais comment sont les parents : « mets un pull tu vas prendre froid ! », « ne fais pas ça, ce n'est pas prudent »... Ils ont peur de tout et de rien. Si on les écoutait, on ne vivrait plus !

— C'est vrai, l'approuve Musa.

— Vous êtes adorables, les filles. Mais je pense vraiment qu'il faudrait mieux que je quitte Alféa.

— Oh non, Bloom, s'écrie Flora, l'air inquiète.

— Pas de panique, ce ne sera pas long. Juste le temps que Valtor se décourage de mon absence. Ou qu'il parte à ma

recherche à l'autre bout de la dimension magique.

— Mais où vas-tu aller ?

— Chez mes parents adoptifs, à Gardenia. Dans les moments difficiles, rien de mieux que la famille !

Et me voilà sur Terre, dans la ville de mon enfance. Toute la journée, je tente de me distraire en me promenant dans les rues et en faisant du shopping.

Malheureusement... À chaque instant, je croise des amoureux qui se regardent tendrement et se serrent dans les bras l'un de l'autre !

Je revois alors le sourire charmant de Sky, son regard que je croyais le plus franc du monde… J'ai l'impression d'entendre les mots d'amour qu'il murmurait à mon oreille… Je me souviens de chacune des aventures extraordi-

naires que nous avons vécues ensemble…

Le soir, quel soulagement de retrouver mes parents après leur travail !

— Veux-tu une tasse de thé, ma chérie ? me demande Vanessa, mon adorable mère adoptive.

— Oui, merci maman.

— Ah, Bloom… Je comprends que tu sois si triste. Tous ces projets que tu avais faits avec Sky… Mais je pense que tu devrais t'expliquer avec lui.

— M'expliquer à quel sujet ? C'est très clair. Il a toujours aimé Diaspro, qu'il connaît depuis l'enfance. Avec moi, il faisait semblant, c'est tout.

— En es-tu vraiment certaine ? Souviens-toi qu'il t'a toujours tiré des griffes de vos ennemis… Il n'aurait pas risqué sa vie pour toi si tu lui étais indifférente.

— Détrompe-toi, maman. Il l'aurait fait pour n'importe qui.

— Je pense qu'il t'a vraiment aimée… Mais peut-être s'est-il passé quelque chose qui a changé ses sentiments ? En tout cas, Bloom, tu as le droit de connaître la vérité. Après, tu te sentiras mieux. Parle-lui.

— Je ne sais pas si ce Sky est un prince ou un voyou, dit Mike en arrivant dans la cuisine, mais je peux lui donner une bonne correction si tu veux, Bloom !

Il me lance un clin d'œil. Il plaisante, bien sûr. Je retrouve alors le sourire : leur attention à tous les deux me réconforte.

Chapitre 3

Ce que Bloom ne sait pas

À Alféa, dans son bureau, Mme Faragonda, discute avec Griffin et Saladin, les directeurs de la Tour Nuage et de la Fontaine Rouge. Ou plutôt avec leur image, envoyée par son téléphone enchanté.

— Valtor est imprévisible, ambitieux et cruel, confirme Griffin. Sa soif de pouvoir est sans limite.

— Son premier désir va être de retrouver la fille de ceux qui l'ont vaincu, renchérit Saladin. Pour se venger.

Mme Faragonda hoche la tête.

— J'en suis consciente. Pour ne prendre aucun risque, j'ai demandé l'installation de barrières de protection magiques autour d'Alféa. Ça y est, elles sont activées.

Elle déplie dans ses mains un parchemin couvert de signes

mystérieux et le montre à ses amis.

— Mais pour sauver Alféa, je compte surtout sur cette formule magique…

Dans sa chambre, à l'autre bout de l'université, Stella fixe son téléphone avec colère.

— Ça fait plusieurs jours que je n'ai pas de nouvelles de Brandon ! J'imagine qu'il est mal à l'aise parce que son meilleur ami a horriblement traité ma meilleure amie... Mais quand même, il pourrait me demander si je vais bien !

Dans sa main, le téléphone se met à vibrer.

— Ah !

Sur l'écran, le visage de Brandon apparaît.

— Stella, tu m'as appelé ?

— Bien sûr !

— Je suis à Éraklyon et j'espère réussir à voir Sky. Je commence à avoir une idée de ce qui s'est passé. J'attends d'en être sûr et je te raconte tout.

— Attends, Brandon, tu ne peux pas me laisser dans ce suspense insupportable !

— Au revoir, Stella, Je file : Sky arrive ! Bisous !

Et il raccroche.

À Éraklyon, des trompettistes annoncent l'apparition de la famille royale sur le grand balcon du palais. Une foule immense se rassemble à ses pieds.

Le roi se lance dans un discours bref mais plein de fierté :

— Peuple d'Éraklyon, c'est avec beaucoup d'émotion que je vous annonce le mariage de mon fils Sky avec la princesse Diaspro.

Le prince se penche vers sa fiancée.

— Tu es ravissante, comme toujours.

Puis, très à l'aise, il s'avance à son tour au bord du balcon.

— Le protocole recommande de ne pas précipiter ce genre d'événement. Mais pourquoi

attendre alors que nous sommes si heureux !

La foule rit et applaudit joyeusement.

Les images de la foule, du balcon royal, des visages rayonnants de Sky et de Diaspro se retrouvent presque aussitôt sur le réseau internet de la dimension magique.

Tecna, Musa, Flora, Layla et Stella les découvrent, horrifiées.

— Pauvre Bloom, soupire Stella. Voir son amoureux si heureux au bras d'une autre... Et Sky qui annonce leur mariage imminent ! Je n'aimerais vraiment pas être à sa place !

Chapitre 4
Un trou dans la barrière

Les images de Sky sur Internet m'ont convaincue : je dois m'expliquer avec lui en tête à tête, et il a intérêt à me dire toute la vérité !

Je serre dans mes bras mes chers parents adoptifs et leur

promets de revenir les voir bientôt.

— Je suis fière de ta décision, Bloom, me dit Vanessa à l'oreille.

De retour à Alféa, j'annonce à mes amies que je veux me rendre immédiatement à Éraklyon.

— On t'accompagne, bien sûr, dit aussitôt Flora.

— Juste un petit problème, les filles, intervient Tecna. La barrière de protection ferme à vingt heures, pour toute la nuit. Il ne faudra pas s'absenter trop longtemps.

— Zut ! Même avec le vaisseau des Spécialistes, nous n'aurons pas le temps d'y aller entre la sortie des cours et la fermeture !

La fée des Sciences réfléchit :

— Voyons… Digit et moi, nous pourrions modifier la fré-

quence énergétique variable du champ magnétique... Ce qui devrait permettre de créer une ouverture assez grande pour vous laisser passer...

— Formidable, Tecna !

— Du coup, il faut que je reste à Alféa pour surveiller la barrière. Et vous ouvrir à votre retour...

Dans le parc de l'école, nous croisons Griselda :

— Où allez-vous mesdemoiselles ? Nous lui montrons nos paniers.

— Faire un pique-nique !

À cet instant, l'astronef des Spécialistes atterrit devant nous. Griselda devient très soupçonneuse :

— Vous partez pique-niquer en astronef ? !

— On est un peu fatiguées, ça arrive ! claironne Stella en montant à l'intérieur.

Flora, Musa et moi nous dépêchons de la suivre. À l'intérieur, au poste de pilotage, c'est Riven qui nous attend.

— Salut les filles ! Comment se fait-il que je parte en mission avec vous, aujourd'hui ?

— Parce que je te l'ai

demandé, suggère malicieuse-
ment Musa.

— Et sûrement parce que
j'aime les missions impossibles…

Il a soudain l'air grave :

— Bloom, prépare-toi quand
même à une déception.

Je fronce les sourcils.

— Pourquoi ?

— Sky refusera sans doute de
te recevoir. Et sans vouloir te
vexer, c'est son droit ! Tu ne
peux pas forcer quelqu'un à
t'aimer, ni même à te dire pourquoi il ne t'aime plus.

— Eh bien, merci ! On peut

dire que tu me remontes le moral, toi !

Heureusement que Riven est meilleur pilote que conseiller en histoires de cœur ! Après un voyage sans histoire, nous atterrissons à Éraklyon devant le palais royal.

Mais celui-ci est protégé par de hautes murailles, un pont-levis et des soldats qui en gardent l'entrée…

— Je vais créer une diversion, propose Riven. Profitez-en !

Nous descendons nous cacher dans des buissons. Puis le Spécialiste conduit l'astronef devant l'entrée du pont-levis. Les gardes se précipitent vers lui :

— Veuillez dégager immédiatement ! Il est interdit de stationner devant le palais !

Pendant que Riven plaisante et fait semblant de ne pas prendre cet ordre au sérieux, vite, nous franchissons le pont-levis et pénétrons dans le palais.

Chapitre 5

Le prince Sky et moi

Lorsqu'il m'avait présenté à ses parents, Sky m'avait fait visiter le palais. Du coup, je me repère à peu près dans ces corridors sans fin…

Des soldats y effectuent leur ronde mais nous sommes alertées par leurs pas cadencés. Dès qu'ils approchent, nous filons nous cacher dans une petite pièce de service et attendons qu'ils aient fini de passer.

Enfin, nous arrivons près de la chambre du prince héritier. De loin, nous entendons la voix méprisante de Diaspro :

— Cette veste ne convient pas !

— Elle est pourtant très seyante, mademoiselle. Et c'est vous qui avez choisi la coupe et le tissu.

— Sans doute. Mais elle ne me plaît plus.

Par la porte entrouverte, nous découvrons Sky vêtu d'un costume clair très élégant. À côté de lui, Diaspro est en pleine discussion avec un homme qui porte des petites lunettes bleues.

— Je tiens à ce que le prince

Sky ait une tenue parfaite pour notre mariage.

— La princesse Diaspro a raison, dit Sky. D'ailleurs, la seule chose qui compte à mes yeux, c'est de lui plaire.

Quelle souffrance d'entendre mon ancien amoureux prononcer de telles paroles !

Par chance, Diaspro et le couturier s'éloignent dans un autre salon. Je fais un pas dans la chambre de Sky.

— Bonjour. Tu as une minute à m'accorder ?

Il me regarde d'un air hautain qui me déchire le cœur.

— Que faites-vous ici, mademoiselle ? J'ignore comment vous êtes entrée dans mon palais, mais vous devez en ressortir immédiatement.

— Pas avant que tu n'aies répondu à mes questions, Sky. Tu disais que tu m'aimais, et je te croyais parce que, moi, je t'aimais sincèrement. Et tout à coup, tu annonces que tu en aimes une autre !

Il se met en colère.

— Qu'est-ce que vous racontez ? J'ai toujours aimé la princesse Diaspro !

Je me sens défaillir. C'était vrai, il faisait semblant de m'aimer…

— Maintenant, ça suffit ! Sortez ! Je refuse d'entendre un mot de plus !

Il sort son épée mais ses menaces sont inutiles. De toute façon, je ne veux plus jamais le revoir.

Ayant entendu ma voix, Diaspro revient avec une patrouille de gardes. Je m'incline.

— Je venais vous présenter

mes félicitations, princesse Diaspro.

Pendant ce temps, Flora s'avance dans la pièce et accélère la croissance des plantes d'intérieur. En quelques secondes, leurs branches forment une muraille de verdure entre les gardes et nous. Nous en profitons pour filer.

Mais au bout d'un couloir, nous tombons nez à nez avec… Brandon ! Stella lui saute au cou.

— Mon chéri !

— Stella !

Brandon se tourne vers moi :

— Désolé, Bloom. Il m'a été impossible de parler avec Sky. Diaspro ne le quitte pas d'une semelle.

Je n'ai pas le temps de lui raconter notre rencontre : les gardes surgissent, leur épée à la main.

— Filez d'ici, les filles ! s'écrie Brandon. Je vous couvre.

Poussant une porte au hasard, nous entrons dans une pièce immense au mobilier couvert de velours rouge : un théâtre, avec pour décor, des armures de chevaliers.

Malheureusement Sky nous y attend.

Chapitre 6
Une marque sur l'épaule

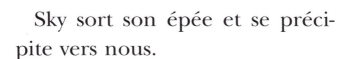

Sky sort son épée et se précipite vers nous.

— Pas encore parties, mesdemoiselles ?

— Je ne veux pas me battre avec toi, dis-je. Je voulais juste discuter. Mais puisque c'est ton souhait, je vais disparaître de ta vie pour toujours.

À cet instant, Stella mobilise ses pouvoirs et se transforme en Enchantix. Sky veut se jeter sur elle avec son épée. Elle s'envole alors, secoue ses ailes au-dessus de lui. La poussière de fée le fait vaciller et il tombe à genoux.

Mais il se relève aussitôt. Il emprunte à une armure une gigantesque lance avec laquelle il fend l'air plusieurs fois en se rapprochant dangereusement de Stella.

Musa s'interpose, lançant sur lui un sort musical. Sky dérape, tombe à la renverse, et se cogne la tête contre une armure. Est-il blessé ? Je ne peux m'empêcher d'être inquiète pour lui et je m'approche.

— Oh ! Venez voir !

Dans la chute, il a déchiré le

tissu de sa belle veste de marié. Sur sa peau, se trouve un grand *V* entouré d'un cercle : le signe de Valtor !

— Il a été ensorcelé ! s'écrie Flora.

Quelle horreur de voir Sky sous l'emprise magique du sorcier ! Mais en même temps, quel soulagement de comprendre enfin ce qui s'est passé ! C'est un sortilège qui m'a effacée du cœur de Sky. Avant, mon prince était sincère quand il disait qu'il m'aimait.

— À moi de jouer ! s'écrie Stella.

Rassemblant toute son énergie de fée, elle secoue longuement ses ailes. La poussière de fée vole partout autour de Sky... Je pousse un cri :

— La marque de Valtor a disparu !

Nous n'avons pas le temps de nous en réjouir. Les gardes entrent précipitamment dans la pièce, suivis par Diaspro.

— Sky est à moi ! hurle-t-elle.

Elle découvre le prince évanoui. Les gardes hésitent et nous en profitons pour filer dans la pièce suivante, puis pour sortir du palais.

Riven nous prend au passage avec l'astronef. Quelques heures plus tard, nous voilà de retour à Alféa.

— Je lance la procédure pour que Tecna nous ouvre la barrière de protection ! dit Flora.

— Pourvu que son invention fonctionne !

Oui ! Devant nous, la barrière s'entrouvre. Le trou est trop petit pour que l'astronef passe au travers. Nous volons donc hors du vaisseau et plongeons vers Alféa. La barrière se referme aussitôt.

— Bravo pour ces acrobaties, mesdemoiselles !

C'est Griselda ! Quelle catastrophe…

— Ce que vous avez fait est très grave ! dit-elle. En forçant la barrière, vous l'avez fragilisée et avez mis en danger Alféa.

— Je suis sincèrement désolée, dis-je. Mes amies n'y sont pour rien. Tout ça est entièrement de ma faute !

Je vais être punie, mais ça m'est égal. Notre mission à Eraklyon a été un succès. Je sais que Sky m'aimait vraiment, et en plus nous avons effacé le sortilège de Valtor.

Est-ce que cela suffira pour qu'il se débarrasse de Diaspro ?

Je l'espère, mais je n'en suis pas si sûre…

Chapitre 7

Une pluie de sorcières

Le lendemain, mes amies et moi sommes convoquées dans le bureau de la directrice. Lorsque nous arrivons, Mme Faragonda observe par la fenêtre un épais nuage noir qui est apparu à l'horizon.

— Je suis inquiète. Bien qu'il ne soit pas encore l'heure, je vais actionner la barrière de protection...

Elle lance le sort et un immense toit invisible recouvre l'école et le parc. Il était temps ! Les éléments se déchaînent : la pluie rebondit sur la barrière et les éclairs la frappent avec violence.

— Vous voyez, mesdemoiselles, elle ne nous protège pas seulement de nos ennemis, mais aussi de la pluie. Cela dit, ce mauvais temps est étrange. Ce

n'est pas du tout ce que le professeur Wizgyz avait prévu…

Il se produit alors quelque chose d'incroyable : à la place de la pluie, des dizaines d'élèves sorcières de la Tour Nuage tombent sur le toit !

— Je savais que ce n'était pas qu'un simple orage !

— Je ne comprends pas, murmure Flora. Je pensais qu'on était devenu amies, les sorcières et nous…

Oubliant complètement notre punition, Mme Faragonda se précipite dans le parc. Nous la suivons.

— La foudre est maléfique ! s'écrie notre directrice. Je reconnais l'un des pouvoirs de Valtor… Vite, mesdemoiselles, rassemblez toutes les fées d'Alféa ! Une grande bataille va avoir lieu.

En effet ! Le poids de toutes les sorcières est trop élevé pour que le toit magique résiste. Il craque de partout… et finit par s'effondrer.

Valtor surgit, mais aussitôt Mme Faragonda l'entraîne dans

un duel terrible plus loin, dans la forêt. Les élèves et les professeurs d'Alféa se rassemblent pour lutter le mieux possible contre les sorcières et protéger l'école. Griselda nous encourage :

— Rappelez-vous qui vous êtes : des fées ! Qui n'ont pas peur des sorcières, même sous l'emprise de Valtor…

— Bouclier magique ! dis-je en lançant le pouvoir de la flamme du dragon.

— Ultrasons ! crie Musa.

Flora souffle dans ses mains :

— Pollen doré !

Tecna, elle, déclenche ses pouvoirs électroniques :

— Rayons d'attaque !

Quant à Layla et Stella, elles mettent en commun leurs pouvoirs d'Enchantix.

Grâce aux plantes, aux ultrasons, aux rayons, à la flamme du dragon, à la poussière de fée et à beaucoup d'autres sortilèges, nous parvenons à capturer une à une chacune des sorcières qui atterrissent à Alféa. Mais il en reste encore tellement dans le ciel !

— Mesdemoiselles, crie le professeur Palladium à l'ensemble des élèves. Nous allons créer une nouvelle barrière de protection.

Les fées d'Alféa forment une immense chaîne tout autour de l'école, avec au centre le professeur Palladium, debout sur la plus haute des tours. Il a sorti le parchemin de Mme Faragonda, qui contient la formule de protection.

Comme on nous l'a enseigné, nous rassemblons tous nos pou-

voirs magiques en récitant ensemble la formule.

Et voilà une nouvelle barrière, gigantesque enveloppe magique qui se forme au-dessus d'Alféa pour la protéger. Nous devons rester concentrées sur nos pouvoirs tant que dure l'assaut, sinon la nouvelle barrière va finir par craquer elle aussi…

Nous sommes tellement déterminées que les sorcières se lassent les premières. Alféa est sauvé !

Chapitre 8
Dernière question

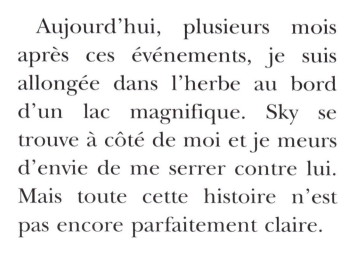

Aujourd'hui, plusieurs mois après ces événements, je suis allongée dans l'herbe au bord d'un lac magnifique. Sky se trouve à côté de moi et je meurs d'envie de me serrer contre lui. Mais toute cette histoire n'est pas encore parfaitement claire.

— Sky ?

— Oui, Bloom ?

— Tu te souviens quand tu as été ensorcelé par Valtor et que tu avais oublié qui j'étais ?

Il baisse la tête tristement.

— Bien sûr.

— À ce moment-là, tu étais vraiment amoureux de Diaspro ?

— Mes paroles pouvaient le laisser croire. Mais je n'étais plus moi-même. C'était comme si ma bouche parlait, sans pouvoir écouter mon cœur.

— Tu me dis bien la vérité ?

— Je te le jure, Bloom.

D'ailleurs, je ne l'ai jamais embrassée.

— Eh bien, c'est une très bonne chose !

Il rit, puis reprend son sérieux.

— Ensuite, quand la poussière de fées a détruit le sortilège de

Valtor, j'ai pu exprimer ce que je ressentais.

— Et alors, tu as chassé la princesse Diaspro du palais.

— Oui. Elle avait fait assez de mal comme ça.

— Mais il reste une chose que je ne comprends pas. Pourquoi as-tu mis si longtemps à revenir me voir pour me rassurer ?

Il s'appuie sur un coude et me regarde dans les yeux.

— Dès que possible, je suis venu à Alféa pour te demander pardon. Mais tu n'y étais jamais.

— Vraiment ?

— Rappelle-toi, Bloom... Quand

l'attaque d'Alféa s'est achevée, vous les Winx avez cherché sur Lymphéa un remède pour délivrer Mme Faragonda du sortilège lancé par Valtor qui l'avait transformée en chêne.

Ensuite, tu es partie seule sur

l'île de Pyros, afin d'augmenter tes pouvoirs. Pendant ce temps, j'ai aidé tes amies à délivrer Tecna sur Oméga. Puis j'ai dû rentrer à Éraklyon parce que mon père avait besoin de moi. Pendant ce temps, vous avez délivré les sorcières de la Fontaine Rouge. Et quand j'ai pu enfin faire un saut à Alféa, vous étiez de nouveau en mission, pour trouver des Étoiles d'Eau...

C'est vrai. Quelle succession incroyable d'aventures !

— Dis-moi, Bloom, à quel moment aurais-je pu exprimer mes sentiments ? C'est la première fois depuis une éternité que nous sommes ensemble.

Il me contemple, avec son grand sourire plein de charme. Cette fois, je n'y tiens plus. Je franchis les quelques centimètres qui nous séparent encore et je me glisse dans ses bras.

— D'accord, Sky. Tu as raison. Alors, puisque nous sommes enfin seuls, maintenant dis-moi que tu n'aimes que moi…

FIN

Quel nouveau plan maléfique
les Winx devront-elles déjouer ?
Pour le savoir,
regarde vite la page suivante !

Bloom et ses amies sont prêtes pour de nouvelles aventures !

Winx Club 26
Le destin de Layla

Valtor défie Mme Faragonda, Mme Griffin et Saladin ! Et pour battre les trois directeurs, le sorcier leur tend un piège… Les Winx arriveront-elles à déjouer son plan diabolique qui met en danger l'université d'Alféa ?

Pour connaître la date de parution de ce tome, inscris-toi vite à la newsletter du site
www.bibliothequerose.com !

Les as-tu tous lus ?

Retrouve toutes les histoires de tes fées préférées dans les livres précédents…

Saison 1

1. Les pouvoirs de Bloom
2. Bienvenue à Magix
3. L'université des fées
4. La voix de la nature
5. La Tour Nuage
6. Le rallye de la rose

Saison 2

7. Les mini-fées
8. Le mariage de Brandon
9. L'étrange Avalon
10. À la poursuite du Codex
11. Sur la planète du prince Sky

12. Que la fête continue !
13. Alliance impossible
14. Le village des mini-fées
15. Le pouvoir du Charmix
16. Le royaume de Darkar

Saison 3

17. La marque de Valtor
18. Le Miroir de Vérité
19. La poussière de fée
20. L'arbre enchanté
21. Le sacrifice de Tecna

22. L'île aux dragons
23. Le mystère Ophir
24. La fiancée de Sky

1. Chagrin d'amour 13
2. Un conseil de Vanessa 23
3. Ce que Bloom ne sait pas 31
4. Un trou dans la barrière 39
5. Le prince Sky et moi 49
6. Une marque sur l'épaule 59
7. Une pluie de sorcières 69
8. Dernière question 79

« Pour l'éditeur, le principe est d'utiliser des papiers composés de fibres naturelles, renouvelables, recyclables et fabriquées à partir de bois issus de forêts qui adoptent un système d'aménagement durable. En outre, l'éditeur attend de ses fournisseurs de papier qu'ils s'inscrivent dans une démarche de certification environnementale reconnue. »

Composition **Nord Compo** – Villeneuve d'Ascq

Imprimé en France par Jean-Lamour - Groupe Qualibris
Dépôt légal : janvier 2009
20.20.1609.5/01 – ISBN 978-2-01-201609-5
Loi n°49-956 du 16 juillet 1949
sur les publications destinées à la jeunesse